TABLEAUX

ANCIENS

Mᵉ CHARLES PILLET, Commissaire-Priseur

M. FERDINAND LANEUVILLE, Expert

CATALOGUE

DE

TABLEAUX

PRÉCIEUX

DES ÉCOLES ITALIENNE, FLAMANDE ET FRANÇAISE

DESSINS ET GRAVURES

AYANT FORMÉ LE CABINET DE M. R***, AMATEUR

DONT LA VENTE AUX ENCHÈRES PUBLIQUES AURA LIEU

HOTEL DES COMMISSAIRES-PRISEURS

RUE DROUOT, N° 5

SALLE N° 5

LES LUNDI 13 ET MARDI 14 DÉCEMBRE 1858

Par le ministère de M° **CHARLES PILLET**, C°°-Priseur
Succ° de M. BONNEFONS DE LAVIALLE,
Rue de Choiseul, 11

Assisté de M. **FERDINAND LANEUVILLE**, Expert
Rue Neuve-des-Mathurins, 73

chez lesquels se distribue le catalogue.

EXPOSITIONS { PARTICULIÈRE, le Samedi 11 Décembre
{ PUBLIQUE, le Dimanche, 12 —

DE MIDI A CINQ HEURES

PARIS

RENOU ET MAULDE

IMPRIMEURS DE LA COMPAGNIE DES COMMISSAIRES-PRISEURS
Rue de Rivoli, 144

1858

CONDITIONS DE LA VENTE.

Elle sera faite au comptant.

Les acquéreurs paieront en sus des adjudications cinq pour cent applicables aux frais de vente.

AVERTISSEMENT

La Collection que nous présentons au public a été formée par un amateur des plus distingués ; aussi se recommande-t-elle par le choix aussi sûr qu'éclairé des œuvres qui la composent. Aucun but de spéculation ne se mêlant à ses acquisitions, et n'ayant en vue que la satisfaction de ses goûts artistiques, ils s'étaient surtout portés sur des maîtres dédaignés alors, et auxquels, par un revirement inévitable, on devait rendre plus tard un si éclatant hommage.

C'est dire que notre École française s'y trouve dignement représentée.

On ne sera donc pas surpris, malgré leur rareté actuelle, d'y trouver deux toiles ravissantes et incontestables de Watteau, de magnifiques Desportes, un très-remarquable Batiste, etc., etc.

L'École flamande, avec sa splendide couleur et sa touche si spirituelle, ne pouvait manquer d'avoir ses sympathies ;

il a été assez heureux pour rassembler quelques œuvres très-remarquables de ses maîtres les plus recherchés.

L'École italienne a fourni son contingent dans cette belle réunion, par un tableau dont le nom dispense de tout éloge. D'habiles connaisseurs n'ont pas hésité à reconnaître Raphaël dans une Vierge divine et son Fils, petite composition pleine de grâce et de suavité.

Cependant le propriétaire de ces œuvres si remarmarquables ne prétend nullement imposer ses opinions; il sait ce qu'il doit de déférence au jugement de notre public si éclairé et si consciencieux.

DÉSIGNATION

DES TABLEAUX

BASSAN (G.).

1 — Près d'une table chargée des restes d'un déjeuner, une dame, habillée de satin blanc, est assise et reçoit des fruits que lui présente une jeune fille. A ses pieds est un chien; à gauche, une femme et une enfant sont occupées à dévider du fil, dans le fond, on aperçoit des paysans battant du blé.

(Collection Sommariva.)

BASSAN (G.).

2 — Une jeune femme, entourée de gibier, plume un canard. Près d'elle un chasseur; dans le haut du tableau, dans les nuages, Junon apparaît dans un char traîné par deux paons.

(Collection Sommariva.)

BATISTE (Monnoyer).

3 — Ce magnifique tableau représente un bouquet de
fleurs, dont une partie s'échappe du vase qui le
contient, et retombe sur une table de marbre
chargée de fruits et de riches draperies ; deux
perroquets, posés près d'un vase d'or richement
ciselé, attirent à eux des grains de raisin.

(Grand ovale.)

BERGHEM (N.).

4 — Deux vaches et une chèvre occupent le premier
plan ; le berger qui les garde se repose au pied
d'un arbre. Effet du soir parfaitement rendu.

BONNINGTON.

5 — Le soleil se lève et se reflète dans la mer, des
pêcheurs se sont établis sur un bout de terrain
boisé qui s'avance au premier plan.

BOUCHER (F.).

6 — Une odalisque, couchée sur un sopha de velours
bleu, joue avec un collier de perles.

(Ce beau tableau est gravé.)

BOUCHER.

7 — Portrait de Louis XV, jeune. Il porte une cuirasse
fleurdelisée. Sa main droite est appuyée sur
le sceptre royal, et l'autre est placée sur sa
hanche.

BOTH (Jean et André).

8 — Sur une route, bordée à gauche par des rochers
d'où s'écoule une cascade, et à droite par de
grands arbres vivement éclairés par un coup
de soleil, circule un chariot traîné par des
bœufs; derrière, deux paysans conduisent un
troupeau de vaches et de moutons; dans le fond
du tableau, une ville et des montagnes qui se
perdent dans la vapeur. Effet de soleil couchant.

BOTH (J.).

9 — Sur une route qui longe une rivière, un homme à
cheval s'est arrêté devant un paysan assis au
pied d'un arbre; des montagnes bornent l'horizon. Effet de soleil couchant.

(Collection de Burtin.)

BOURDON (S.).

10 — Au pied d'une ruine, des voyageurs se sont arrêtés
pour faire leur repas.

(Collection du comte de Cornelissen.)

BOURGUIGNON.

11 — Bataille. Ce tableau, par la fougue de son exécution, est digne d'être comparé à Salvator Rosa.

BRAUWER.

12 — Portrait du peintre, il tient une fiole et sa pipe.

CANALETTI et THÉPOLO.

13 — Vue de l'église des Frères, à Venise.

CRANACK (Lucas).

14 — L'Enfant prodigue.

CRANACK (Lucas).

15 — Fulger, grand-duc de Saxe, semble contempler
avec plaisir une jeune femme blonde richement
habillée.

CUYP (Albert).

16 — Vaches au pâturage. Les unes sont couchées, les
autres debout. Une paysanne trait l'une d'elles;
à côté sont des vases de cuivre.

(De la collection de sir Abraham Hume, de Londres.)
(Signé, daté 1600.)

CUYP (Albert).

17 — Une bergère, tout en gardant ses moutons, cause
avec un pâtre appuyé sur un bâton.

(De la collection de sir Abraham Hume, de Londres.)

DESPORTES (François).

18 — Dans un parc, près de la caisse d'un oranger en
fleurs, sont posés à terre un panier d'abricots,
des concombres, des artichauts, un lièvre et une
perdrix. Un beau pied de pavot et un buisson de
roses complètent cette belle composition, dont
la couleur et l'exécution sont admirables.

(De la collection de M. de Cypierre.)
(Signé, daté 1711.)

DESPORTES (François).

19 — Un chien de chasse blanc découvre derrière un
tronc d'arbre des faisans et des perdreaux.

(Collection de M. de Cypierre.)

DE TROY.

20 — Des comédiens, Baron en habit bleu, Raisin et
Poisson, sont attablés dans un jardin ; l'un
d'eux lutine une jeune fille.

(Collection de M. de Cypierre.)

DUJARDIN (Karel).

21 — Halte de voyageurs devant une hôtellerie ; à droite,
un berger conduit un troupeau de chèvres.

ELZHEIMER (Adam).

22 — Jupiter et Mercure chez Philémon et Baucis.

(Gravé par le protecteur du maître, le comte de Goudt, en
1612.)

FRAGONARD.

23 — Un jeune berger cherchant à embrasser une jeune
fille.

FRANCK, daté 1615.

24 — Les vierges sages et les vierges folles. Les unes
sont occupées d'œuvres pieuses, et les autres se
livrent à des distractions mondaines.

FYT (Jean).

25 — Trois épagneuls blancs, mouchetés de feu, chassant
des perdrix.

GAUDENZIO DI FERRARI.

26 — La Nativité. La Sainte Vierge et saint Joseph sont
en adoration devant l'Enfant Jésus couché à
terre ; à droite, les bergers à genoux. Des anges
planent au-dessus de l'étable, et d'autres tien-
nent des lis.

(Ce précieux tableau a fait partie de la collection du comte
Beltrami, de Milan.)

GIORGION.

27 — Un jeune berger jouant de la flûte de Pan est
assis au pied d'un arbre; une jeune fille, vêtue
d'une tunique rose, semble l'écouter avec atten-
tion.

GIORGION.

28 — Portrait en pied de Pierre de Médicis. Il tient d'une
main son chapeau orné de plumes, et de l'autre
l'épée de grand justicier.

GONZALES COQUES.

29 — Intérieur flamand. Une dame, entourée de ses filles,
est assise près d'une table ; avant de desservir,
un domestique semble prendre ses ordres : à
gauche, le maître de la maison se fait verser un
verre de vin par une jeune fille vêtue d'une
jupe rouge; près de lui est son fils debout.
(Riche composition de ce maître, dont les œuvres sont si recherchées.)

GONZALES COQUES.

30 — Portrait du peintre avec sa femme et ses deux en-
fants.

GREUZE (J.-B.).

31 — Étude d'après nature pour la petite fille au chien noir.

HEEMSKERK.

32 — Le Concert bachique.

HONDEKOETER (Melchior).

33 — Un paon, un faisan, un coq de bruyère, des canards sauvages, des bécassines réunis près d'une mare.

HUYSMANS (Corneille), dit de Malines.

34 — Un petit étang s'est formé au milieu d'un terrain accidenté ; des pêcheurs y ont jeté leurs filets ; quelques arbres s'élèvent au-dessus des bruyères qui les entourent ; la vue s'étend vers un horizon très-éloigné, borné par des montagnes noyées dans la vapeur.

HUYSMANS (Corneille), dit de Malines.

35 — Intérieur de forêt. — Un beau chêne dont le pied repose sur des terrains éboulés frappés par la lumière se présente au premier plan ; deux voyageurs se dirigent vers une route qui s'enfonce sous les arbres ; à droite, un paysan assis joue avec un chien ; une éclaircie permet d'apercevoir l'horizon borné par des montagnes lointaines.

JORDAENS (J.).

36 — Un Concert de famille.

LORRAIN (Claude Gelee, dit le).

37 — Une tour en ruines s'élève sur un rocher baigné
par la mer; à droite, les montagnes de la Calabre
dont une partie se perd dans la vapeur; le soleil
est à l'horizon et se reflète admirablement dans
l'eau; sur le rivage, au premier plan, des pêcheurs retirent leurs filets.

(Ce tableau a été enlevé du palais Grimaldi pendant les
troubles de 1848)

MAES (N.).

38 — Bethsabée au bain; elle est assise près d'une fon-
taine jaillissante et lit une lettre; ses vêtements
sont près d'elle, posés à terre: dans le lointain,
on aperçoit le palais de David.

MILÉ (Francisque).

39 — Grand paysage historique. — Le Baptême de Jésus-
Christ.

DU MÊME.

40 — Paysage. — Notre Seigneur au milieu de ses
disciples rend la vue à un aveugle.

MURILLO (Esteban).

41 — Saint Jean dans le désert.

OSTADE (Adrien Van).

42 — Deux buveurs se sont attablés sous une treille ;
l'un s'est emparé d'un pot de bière, l'autre tient
sa pipe et regarde avec malice l'hôtesse qui
vient de les servir.

(Ce tableau a été donné par le duc de Berry à Mme Brown,
et provient de la collection de cette dame.)

PRUDHON.

43 — La Justice et la Vengeance poursuivant le crime.

(Répétition du magnifique tableau du Musée du Louvre.)

(Ce tableau provient de la famille à laquelle il fut donné par le
maître.)

PRUDHON.

44 — Le Zéphir. — Suivant les renseignements transmis
par le propriétaire, M. de Forbin ayant désiré
posséder la première esquisse du tableau si
connu sous ce nom, Prudhon lui demanda trois
jours avant de la lui livrer ; il fit alors pour lui-
même celle dont il s'agit ici, qui diffère par la
grandeur et qui est faite sur panneau ; la première, actuellement dans la galerie de M. le
marquis d'Hertford, est sur papier.

RAOUX (Jean).

45 — Pendant qu'une jeune fille se fait dire la bonne
aventure, un petit filou lui dérobe sa bourse.

RAPHAEL.

46 — La Vierge aux œillets. — L'enfant Jésus, assis sur
sa divine mère, lui offre des œillets. La grâce
des attitudes et l'expression des têtes rappellent
la Vierge au linge du musée du Louvre.

(Ce précieux tableau, où se trouvent des repentirs, est d'une
couleur claire et transparente; il a été gravé par Marc
Antoine, Poilly et Moyreau.)

(De la collection du duc de Berwick.)

REMBRANDT.

47 — Portrait d'une jeune fille blonde; elle est vêtue
d'une pelisse de velours garnie de fourrures,
attachée sur sa poitrine par une agrafe en
saphir.

(De la collection de M. de Julienne.)

(Signé, daté 1632.)

REMBRANDT.

48 — Une paysanne portant son enfant sur son dos se dirige vers une chaumière placée près de la lisière
d'un bois; dans le fond, on aperçoit un homme
à cheval. Effet d'orage parfaitement rendu.

(De la collection de M. Henri-Philippe Hope, de Londres.)

RUBENS (Pierre-Paul).

49 — Portrait d'Hélène Forman, seconde femme du
peintre; la fleur d'oranger dans les cheveux, le
costume de satin blanc, la superbe agrafe de
pierres fines, le collier de perles sembleraient
indiquer que Rubens a peint sa jeune épouse
dans ses habits de noces.

RUBENS (Pierre-Paul).

50 — Sujet tiré de l'Ancien Testament. — Première pensée d'un de ses tableaux qui est à Rome.

RUBENS (Pierre-Paul).

51 — Chasse au cerf. — Esquisse.

RUBENS (Pierre-Paul).

52 — Un Taureau attaqué par des chiens. — Esquisse.

RUBENS (Pierre-Paul).

53 — Etude d'après nature d'une des figures de pestiférés de son tableau de saint François-Xavier dans les Indes.

RUYSDAEL (Jacques).

54 — Le tableau est partagé par une route serpentant dans un terrain sablonneux planté d'arbres. Un orage est sur le point d'éclater ; les nuages sont bas ; quelques déchirures laissent passer de pâles rayons qui éclairent une partie du chemin, tandis que l'ombre couvre le reste. Le premier plan est occupé par deux hommes ; une femme portant un panier sur sa tête se dirige vers eux.

RUYSDAEL (Salomon).

55 — Vue prise en Hollande. — Des pêcheurs dans des barques et d'autres tendant leurs filets ; à droite, le clocher d'une église s'élance entre les arbres.

(Ce tableau est un des meilleurs du maître.)

SLINGELANDT (Pierre Van).

56 — Une vieille Ménagère apprêtant son dîner.

SNEYDERS (François).

57 — Magnifique groupe de grenade. raisins, poires.
prunes, pêches. marrons et blé de Turquie
pendu à un mur.

STEEN (Jean).

58 — Un galant suranné cherche à séduire une jeune
femme blonde : une vieille servante l'engage à
accepter l'offre qui lui est faite. Les restes d'un
repas, traités avec la perfection qui distingue le
maître. sont dispersés sur une table et à terre.

(Ce tableau est d'une grande richesse de tons.)

TENIERS (David), le fils.

59 — Dans la cour d'une ferme, de joyeux paysans se
sont assemblés ; les uns sont à table, d'autres
dansent au son d'une cornemuse jouée par un
homme monté sur un tonneau ; à gauche, un
cuisinier appuyé contre une porte ; près de lui.
au premier plan, deux hommes, une femme et
un enfant sont assis sur une petite éminence ;
à droite, un cours d'eau borde la ferme ; la vue
s'étend au-delà jusqu'au village qu'on aperçoit
au milieu des arbres.

(Collection du baron Wershenfel.)

VAN DER NEER (ARTHUR).

60 — La lune est levée et se réfléchit dans un fleuve couvert de plusieurs embarcations ; des pêcheurs dans un bateau, près du rivage, retirent leurs filets : à gauche, on entrevoit un village à travers des arbres.

(Charmant tableau plein de transparence et de vérité.)

VAN DEN VELDE (WILLIAM).

61 — Mer calme chargée de navires dont l'un fait le salut.

VAUDERWERFF (ADRIEN).

62 — La Madeleine agenouillée, les mains jointes, adresse au ciel sa fervente prière.

(Collection Hope, de Londres.)

VÉRONÈSE (PAUL).

63 — La Chute des Titans. — Première pensée d'un plafond.

(Le grand tableau ovale est à Versailles.)

WATTEAU (ANTOINE).

64 — L'Ile de Cythère.

(Gravé. — Tiré du cabinet du comte Pelat, de Francfort.)

WATTEAU (ANTOINE).

65 — L'Assemblée galante. — Cette belle composition a été gravée par Lehas et provient de la collection de la comtesse de Verue

WOUWERMANS (Philippe).

66 — Un officier atteint d'une balle est renversé de son cheval ; à droite, des cavaliers lancés au grand galop, se tirent des coups de pistolet ; au fond, une mêlée générale. La scène se passe au pied d'une haute montagne baignée par une rivière.

(Descamp, qui cite ce tableau, le place dans la collection Lormier de Hollande.)

(Signé.)

WOUWERMANS (Philippe).

67 — Une tente occupe le milieu du tableau ; autour sont réunis des chevaux que des voyageurs s'occupent à décharger.

WOUWERMANS (Philippe).

68 — Un soldat lutte contre deux cavaliers dont l'un lui tire un coup de carabine à bout portant ; plus loin, la fusillade s'engage avec la cavalerie.

PASTELS

SANTERRE.

69 — Une jeune et jolie femme tenant un éventail. - Pastel.

SANTERRE.

70 — Portrait de la comtesse Dubarry. — Pastel.

WATTEAU (attribué à).

71 — Portrait d'une jeune femme coiffée de bruyères roses. — Pastel.

ÉCOLE FLAMANDE.

72 -— Boutique d'un marchand de poissons.

Renou et Maulde, Imprimeurs de la Compagnie des Commissaires-Priseurs, rue de Rivoli, 144.   14378